**UN ÉTÉ DE BONHEUR**
*est le cent soixante-neuvième livre
publié par Les éditions JCL inc.*

**Données de catalogage avant publication (Canada)**

Vaillancourt, Pyer, 1950-

    Un été de bonheur

    Pour les jeunes.

    ISBN 2-89431-169-9

    I. Titre.

PS8593.A526E83 1997    jC843'.54    C97-940829-6
PS9593.A526E83 1997
PZ23.V34Et 1997

**© Les éditions JCL inc., 1997**
*Édition originale: août 1997*

# Un été
# de bonheur

**© Les éditions JCL inc., 1997**
930, rue Jacques-Cartier Est, CHICOUTIMI (Québec) G7H 2A9 Canada
Tél.: (418) 696-0536 – Téléc.: (418) 696-3132 – C. élec.: jcl@saglac.qc.ca
ISBN 2-89431-169-9

# PYER VAILLANCOURT

# Un été
# de bonheur

LES ÉDITIONS JCL

DU MÊME AUTEUR:

*Le trappeur de rêves*, Chicoutimi, Éd. JCL, 1996, 284 p.

LE CONSEIL DES ARTS | THE CANADA COUNCIL
DU CANADA | FOR THE ARTS
DEPUIS 1957 | SINCE 1957

*Notre maison d'édition bénéficie du soutien
du ministère du Patrimoine canadien,
du Conseil des Arts du Canada
et de la Sodec.*

*À mon fils Gabriel
et à tous les enfants,
trésor de l'humanité.*

## Remerciements

*L'auteur tient à remercier Anne, Louis Pierre
et Lili pour leurs encouragements,
les amis montagnais de Uaschat ainsi que
Rosine Deschênes pour son soutien indéfectible.*

# 1

Le matin se lève paresseux. Il éclaire faiblement l'intérieur de la tente. Je sens l'approche timide d'un visiteur. C'est Jack, mon jeune chien, né un soir de février. Il est toujours fidèle à ce rendez-vous matinal. Sa langue trouve ma joue, la lèche et m'invite au réveil.

Habituellement, je réponds à ses attentes. Mais, ce matin, la fatigue me cloue au sapinage. Mes yeux restent fermés. Hier, mes parents, Raymond et Louise, ont fait un feu qui a duré toute la nuit. La lune avait presque traversé le ciel quand je me suis couché. Mon sommeil raccourci s'en ressent.

Jack saute sur ma poitrine. Ah non! Sa langue mouille mon nez et même mes lèvres. Je me tourne sur le côté. Mon bras cache mon visage pour déjouer l'ardeur de sa langue insistante. Zut de zut! Jack n'abandonne pas. Exerçant sa voix juvénile, il essaie d'aboyer. Il veut jouer, et moi dormir. Comment le gagner à mon désir?

Je soulève la couverture, mon copain à quatre pattes s'engage dans l'ouverture et s'allonge à mes côtés. Mon bras l'encercle, ma main caresse son ventre. Cette affection le comble, il s'endort. Lentement, je glisse aussi dans le sommeil et retrouve mes rêves.

J'ignore combien de temps nous avons dormi ensemble. Les cris «crâ... crâ... crâ...» parviennent à mes oreilles. C'est Coco, mon jeune corbeau. Je l'ai trouvé seul et abandonné en début d'été au pied d'une talle d'épinettes. Il s'égosillait mais dès que je l'ai pris dans mes mains, son bec a gardé le silence. J'ai décidé de l'amener chez moi avant que les dents pointues d'un prédateur ne le croquent.

Coco a grandi, il vole maintenant; pourtant, il demeure avec nous près de la maison et de la tente. Libre d'aller où bon lui semble, un jour il ira peut-être vivre avec ses semblables. Coco aime se percher sur le poteau de la corde à linge. De là-haut, il domine les alentours. Rien n'échappe à son œil curieux qui annonce d'avance tout visiteur.

Ma mère m'a fait une veste de cuir que j'utilise lorsque je promène Coco sur mon épaule. Le cuir empêche ses griffes aiguisées de me piquer la peau. Une autre raison justifie le port de la veste; c'est que Coco a la mauvaise habitude d'oublier que je ne suis pas une toilette.

Les croassements de Coco s'intensifient. Mon retard contrarie sûrement son ventre creux qui a faim. Je ferais mieux de me lever, car il n'a pas la voix musicale. S'il fallait qu'une personne, lasse de l'entendre, décide d'un coup de fusil de lui fermer le bec pour toujours, une grande tristesse m'habiterait.

La pensée de voler à son secours

m'encourage. Je bondis comme une sauterelle. J'enfile rapidement pantalon et gilet, et mes pieds trouvent leurs espadrilles. Jack branle sa queue de plaisir.

En sortant de la tente, la lumière du jour m'éblouit. Mes yeux plissés s'habituent peu à peu à la clarté aveuglante. Le soleil a déjà bu la rosée. Les criquets chantent leur joie. La journée s'annonce plutôt bien.

M'apercevant, Coco quitte son poste d'observation. Ses ailes étendues le déposent sur mon épaule. Son bec me bécote l'oreille. Il semble content de me voir. Mais Jack, assis sur le sable, geint. Son regard attendrissant réclame aussi mon attention. Mes bras le prennent. Collé sur mon ventre, il y trouve sa consolation.

Ce n'est pas toujours facile d'avoir pour compagnons un corbeau et un chien. Je dois être juste pour les deux et partager mon affection également. Je crois réussir, car Jack et Coco font bon ménage;

sauf lorsqu'il est question de nourriture. Alors là, c'est la pagaille. Et quelle pagaille! Pire! C'est la guerre. Une vive compétition s'installe. Chacun convoite la nourriture de l'autre.

Si par malchance Coco n'est pas sur ses gardes, Jack s'empare immédiatement de sa part qui disparaît aussitôt dans son ventre. Plus gourmand que lui ça ne se peut pas. Il avale tout rond sans rien goûter. Il ignore les coups d'aile et de bec de Coco, criant sa frustration, et se lèche les babines dans la plus totale indifférence. Mais Coco a plein de trucs et réplique par la ruse. Juché sur son perchoir, il surveille Jack qui aime roupiller devant son os juteux. C'est à ce moment qu'il s'élance, vole l'os au nez de Jack et remonte sur son perchoir.

Il lance alors ses «crâ... crâ... crâ...» victorieux. Jack a beau hurler sa perte et aboyer vengeance, Coco gonfle ses plumes, prend un air princier et, mine de rien, déguste ce qu'il considère comme son bien, au grand désespoir de Jack. Son festin terminé, il laisse tomber l'os, la chair en moins. Maigre consolation pour Jack qui doit se contenter de l'odeur d'un souvenir appétissant.

Au début, j'espérais leur apprendre les nombreux avantages du partage comme le font les humains. Peine perdue! Le ventre d'un animal est plus fort que sa tête. Pour mettre un terme à leurs querelles, j'ai décidé de les nourrir individuellement. Mais Jack a toujours faim, un vrai trou impossible à remplir. Il a quand même appris à ne plus confondre mes doigts avec les morceaux de viande que je lui donne.

La paix règne. Mes jeunes compagnons sont rassasiés. Je marche vers ma mère. Un léger ruban de fumée voile son visage. Elle cuisine assise sur le sable. Le déjeuner rôtit dans un poêlon chauffé sur les braises.

Maman lève son regard vers moi. Sa bouche dessine un sourire. Je vois toutes ses dents et pourrais les compter. Ce sourire invitant ravit mon cœur. Elle roule des saucisses de castor dans le poêlon. La bonne odeur ouvre mon appétit. Jack, sur son arrière-train, la gueule bavante, attend. Pourtant, je viens de le nourrir.

— T'as bien dormi? s'informe maman.
— Oui.

Coco croasse. Je détourne la tête et vois mon père venir de la plage. Derrière lui, la marée montante déroule ses vagues. Je le rejoins. Nos jambes marchent côte à côte. Sa main, posée sur mon épaule, la couvre entièrement. Nos pas nous conduisent à un tas de copeaux qui réjouit mes yeux.

— Hein! t'as fini!
— Ce matin, répond-il, tirant sur sa pipe avec satisfaction.

Les copeaux proviennent de planches de bois que mon père amincit au moyen d'une raboteuse. Il construit un canot. L'habileté de mon père m'épate. Ses mains font des prodiges. Bon chasseur, il sait tout faire. Forêts, lacs et rivières sont sa véritable maison. La forêt lui donne de quoi manger et de belles fourrures.

Il connaît tous les animaux et sait imiter leur langage. Plus tard, moi aussi je serai l'ami de la forêt et des animaux.

— Simon! crie ma mère sur un ton élevé.

Voyons, qu'ai-je fait de répréhensible? Le regard de mon père m'interroge. Ma mère s'approche d'un pas décidé, tenant dans sa main ce qui, hier, était un mocassin.

— Regarde ce que ton chien a fait. Combien de fois faut-il te dire de ranger tes affaires?

Mon oubli m'accable. Ce qui reste de mon mocassin a vraiment mauvaise mine.

— Regarde, insiste-t-elle. Il en a même

mangé des morceaux. Comment veux-tu que je le répare? Tout ce travail pour rien.

Le poids de mon erreur m'enfonce dans le sable.

— Appelle Jack, il mérite une correction.

— Ta mère a raison, approuve mon père.

Je siffle du bout des lèvres. Jack répond à l'appel. Il vient, courant, les oreilles battantes, tout à fait inconscient de son méfait.

— Corrige-le, ordonne mon père en me présentant une des planches amincies. Tu dois prendre tes responsabilités.

— J'veux pas le battre. Vous autres, vous ne me battez pas.

— Écoute, mon gars, un enfant ça s'éduque, mais un chien ça se dompte.

Ma plaidoirie vacille devant ses arguments sans équivoque. Comment tirer

Jack du pétrin? J'essaie un dernier recours:

— Non! J'peux pas.
— Très bien alors, je vais le faire à ta place.

Cette réponse ferme bousille ma stratégie. Pour un instant je considère sa proposition. Mes yeux rivés sur la grosseur de ses bras me convainquent qu'il est préférable que j'exécute moi-même la punition, malgré ma réticence.

— Comment je fais?
— Tu lui frottes le nez sur le mocassin. Parle-lui fort afin qu'il comprenne son erreur. Ensuite frappe son nez avec le bâton. Le nez d'un chien est aussi sensible que les parties génitales.
— Ayoye! ça va lui faire mal.
— Il ne recommencera plus.

L'heure détestable de l'exécution sonne. À contrecœur, je saisis Jack par le collet et lui écrase le nez sur le mocassin amoché.

— J'suis pas content, Jack, on fait pas ça. T'as compris? On fait pas ça.

Ses pattes se figent dans le sable, son cou résiste.

— T'as compris? On fait pas ça.

Jack se débat, braille comme un bébé.

— Je crois qu'il a compris, il ne recommencera plus.
— Allez, frappe-le, commande mon père qui ne partage pas mon opinion.
— Mais...
— Il n'y a pas de mais.

Je soulève le bâton. Les yeux inquiets de Jack me regardent.

— Allez, frappe-le.

Mon cœur se serre. Mon bras hésite. Et... et v'lam! Jack se tord de douleur et décampe, la queue entre les pattes, hurlant son malheur. Il disparaît derrière un bosquet. J'ai du chagrin plein le cœur. Une larme pesante glisse sur ma joue, suivie d'une autre.

— Que cela te serve de leçon, conclut mon père.

Coco, juché sur son perchoir et témoin de la déroute de Jack, répand ses «crâ... crâ...» moqueurs. Fâché, je lui montre le poing et lui dis de se la fermer s'il ne veut pas perdre des plumes. Pauvre Jack!

Ruminant ma peine, je déjeune sans appétit dans le silence. Mon regard surveille le bosquet à l'orée du bois où Jack s'est sauvé. J'aimerais tant être avec lui et le prendre dans mes bras. La tristesse alourdit mon cœur. Je me promets de ne plus jamais laisser traîner mes affaires.

Mon père me secoue l'épaule et brise le silence qui m'enveloppe:

— Rappelle ton chien, il doit s'ennuyer.

— Jack! Jack!

Jack ne vient pas. Debout, je m'époumone:

— Jack! Jack! viens, mon beau!

Jack demeure invisible. Pourquoi? Plus fort je crie. Mes appels restent sans réponse. Et s'il avait décidé de s'en aller? Cette affreuse possibilité traverse mes pensées. Le rythme de mon cœur s'accélère.

— Jack! Jack! crie ma bouche tremblante.

Rien. Tout est calme, même pas un bruissement de feuilles.

— Jack! Jack! Où es-tu? redemande mon cœur lourd d'inquiétude.

Le bosquet... je crois qu'il bouge. Oui, il bouge! Et... une tête sort, hésitante. C'est Jack. Ouf!

— Jack! viens, mon beau, viens manger! l'invite ma joie débordante.

Il avance timidement une patte, se ravise et s'arrête. «Crâ... crâ... crâ...» fait Coco, atterrissant près de ma mère. Son bec reçoit un succulent morceau de saucisse. Jack ne sait que faire, indécis entre venir ou rester caché. Finalement l'odeur de la saucisse, que tient ma main, a raison de son ambivalence.

Il accourt, les oreilles flottantes et les babines dégoulinantes. Ses yeux bruns qui implorent pardon nous font rire. Mes mains le cajolent. De nouveau, le bonheur nous unit.

# 2

J'enfourche ma bicyclette et pédale chez mon copain Raoul. Ses parents me gardent lorsque les miens partent sur leur territoire de chasse durant la saison des fourrures. Ils demeurent à l'autre bout de la réserve où le chemin gravelé monte une butte. Notre maison fait face à la mer, la leur est dos à la rivière. Le soleil rendu au milieu du ciel me chauffe la couenne. Debout sur mes pédales, j'accélère à l'approche de la butte. Mes roues crachent du gravier.

Je trouve leur maison vide et leur vieux camion parti. Que faire? Je m'apprête à retourner chez moi quand j'entends mon nom. C'est Lucie. Nous sommes dans la même classe. Elle m'informe que Raoul est allé à la rivière.

Mes pieds sont prêts à pédaler, mais Lucie me tient conversation. Elle parle à répétition. Je l'écoute, impatient, n'ayant qu'un désir, rejoindre Raoul. Une chance que Lucie se rappelle qu'elle a une commission urgente à faire, sinon elle m'aurait retenu toute la journée.

Enfin seul, je prends la direction de la rivière. Je longe le bord de l'eau et je m'engage dans un sentier bordé d'épinettes. Le sentier sinueux, devenu accidenté, refuse le passage à ma bicyclette. Mes jambes prennent la relève et m'amènent à Raoul. Il est allongé face au ciel sur une roche plate d'où descend la berge penteuse. Je siffle pour attirer son attention.

Couchés sur la roche, nous cherchons à quoi nous occuper sans trouver d'idées intéressantes.

— J'te gage que je pisse plus loin que toé, me défie Raoul.
— J'pense pas.
— Prouve-le.
— J'ai pas envie, pis c'est des jeux de bébés.

— T'as peur de perdre, avoue!

— Non, j'ai pas envie.

— J'te crois pas. De toute façon, je sais que je pisse plus loin que toé.

Mon honneur est en jeu. Je n'ai d'autre choix que de relever le défi. Nous nous installons debout, les pieds parfaitement alignés sur le bord de la roche qui a vue sur la rivière. Ma vessie étant presque vide, mon jet ne franchit pas la distance espérée. Et Raoul remporte haut la main le concours.

— Ça compte pas, j'avais pas envie.

— Ça fait rien, je gagne pareil.

Pendant que mes mains sont occupées avec ma fermeture éclair, Raoul en profite pour me pousser. J'oscille sur le bord de la roche. Il me pousse de nouveau et je culbute dans le vide. Mes pieds se plantent dans le sable au milieu de la pente, m'évitant ainsi un bain forcé.

Raoul me saute dessus. Je l'agrippe et

lui fais une prise de tête. Engagés dans un corps à corps, nous déboulons la pente. Nos nerfs se tendent, nos muscles se durcissent. Nous luttons de toutes nos forces. Nos jambes s'enroulent, nos corps se mêlent. Le sable r'vole. Nous en avons partout, dans les yeux, dans le nez, dans les oreilles, sur le ventre; partout, même collé aux dents.

Nos bouches grimacent d'efforts. Nous ne lâchons pas prise, chacun essaie d'avoir le dessus sur l'autre. Nous roulons sur nous-mêmes et vers la rivière. L'issue est incertaine. Je me défends énergiquement mais Raoul est coriace.

Il me tourne sur le dos et cherche à me river les épaules. Mes jambes, repliées sur ma poitrine, l'empêchent de s'asseoir sur mon ventre. Telles un ressort, elles se détendent subitement et repoussent Raoul. Il perd l'équilibre et se retrouve le bec à l'eau. Nous rions de bon cœur.

Nous nous déshabillons et plongeons

dans les eaux limpides. Longue-Patte, le héron bleu, passe au-dessus de nos têtes.

— T'as vu? me demande Raoul.

— C'est Longue-Patte.

— Tu le connais?

— Il vient souvent chez nous. Il visite toujours les mêmes endroits. Il se dirige à l'étang pour pêcher des grenouilles.

— On pourrait l'attraper.

— Comment? Longue-Patte est méfiant et son bec aussi pointu qu'un couteau.

— Les Indiens attrapaient bien des aigles pour leurs plumes. Je l'ai vu dans un livre.

— Pis?

— Nous autres aussi on est des Indiens. On peut faire pareil. Ils se cachaient dans une grotte à flanc de montagne. Ils la recouvraient de branches et y suspendaient la dépouille d'un lièvre. Dissimulés derrière le branchage, ils observaient le ciel. Lorsque l'aigle apercevait la dépouille, il plongeait dessus. Et au moment où il y plantait ses serres, ils le saisissaient par les pattes, prenaient quel-

27

ques plumes et lui rendaient sa liberté. On peut faire pareil, j'te dis.

— On peut pas, on n'a pas de grotte.

— Pas besoin, on va faire une cache.

— Ouais! Ça peut marcher. Un héron ça met du temps pour s'envoler. S'il mange beaucoup de grenouilles, il va être pesant, son envol sera encore plus lent. C'est une bonne idée.

— On emportera un sac pour le mettre dedans et pour le montrer à tout le monde.

— Mais après on le laissera aller. Il a peut-être des petits à nourrir.

Confiants de réussir, nous mettons notre stratégie au point. Nous prêtons serment de n'en souffler mot à personne et décidons de passer à l'action dès le lendemain.

Le soleil sèche les vêtements de Raoul. J'aime sa compagnie. Une belle amitié nous tient la main. Nous courons la forêt ensemble. Les animaux qui l'habitent rendent la vie intéressante. Nous apprenons beaucoup de trucs. Pas autant que mon père qui connaît même les nuages. Ils lui disent le temps qu'il fera. Il m'a expliqué que lorsque le soleil se couche rouge, il annonce un lendemain ensoleillé et s'il nous quitte jaune, il ventera. Il n'a pas besoin de radio pour savoir le temps qu'il fera. Mon père connaît toutes ces choses et encore plus.

Assis sur la roche, nous balançons nos pieds en cadence. Nous décidons d'explorer la berge jusqu'aux rapides en amont. Chemin faisant, nous lançons dans la rivière des cailloux plats qui bondissent sur les eaux calmes. Mon meilleur lancer fait huit bonds et celui de Raoul, neuf. Mais je crois qu'il s'est trompé dans ses calculs.

La faim gazouille dans nos ventres. Sur le chemin du retour nous reparlons avec entrain de notre prochain rendez-vous avec Longue-Patte. Nous nous promettons une fois de plus de garder le secret avant de nous quitter.

J'empoigne ma bicyclette et retourne chez moi. M'apercevant, Lucie me salue de la main. Je passe devant sa maison sans m'arrêter. Je ne veux pas subir un interrogatoire interminable qui risquerait de dévoiler notre secret.

Arrivé chez moi, une belle surprise m'attend. Mon père a déjà assemblé quelques-unes des petites planches amincies pour la construction du canot. Il les a pliées pour obtenir la courbure désirée. Chacune des pièces rassemblées s'appelle «arête». Un canot, c'est comme un gros poisson fait par l'homme. Environ quarante arêtes sont nécessaires à sa construction.

Un copieux souper de viande d'outarde apaise ma faim. C'est bien meilleur que le poulet du magasin qui goûte rien, à moins de le manger avec du ketchup! Le repas terminé, j'aide mon père à brûler les copeaux de bois.

Les flammes dansent, découpent l'obscurité. Mon père parle de grands espaces, de forêts giboyeuses, de lacs poissonneux, des animaux qui aiment nous donner leur chair et leur fourrure.

Son savoir m'impressionne. Il a une manière de raconter qui soulève mon ravissement. Lorsqu'il parle, je sens l'émotion dans sa voix. Ses bras se promènent dans l'air. Il mime les gestes des animaux, comme s'ils étaient avec nous autour du feu. Il est drôle; sa bouche imite tour à tour les cris du caribou, de l'orignal, du hibou, du loup, du canard... Souvent il me répète:

— La terre, mon fils, donne les plantes et les animaux qui nous nourrissent. La terre est notre amie. Si nous la blessons, elle ne donnera plus.

La chaleur du feu m'endort; mes yeux se ferment tout seuls. Je rejoins mon sommeil dans la tente. Jack me suit et me tient compagnie. Mes parents dorment soit dans la tente, soit dans la maison. À la façon dont ils se regardaient durant le souper, ils dormiront dans la maison ce soir. Avant de retrouver mes rêves, je remercie le Grand Esprit pour cette belle journée.

À mon réveil, le soleil brille de tous ses feux. Coco me salue de ses «crâ...crâ...» habituels. Jack ne me quitte pas d'une semelle. Le déjeuner avalé, je place dans mon sac à dos une petite hache et un rouleau de ficelle. Jack surveille avec intérêt chacun de mes gestes. Je le flatte généreusement, lui expliquant qu'il ne peut venir.

Cheveux au vent, le cœur joyeux, je roule sur le chemin de gravier. Je réalise que Jack me suit.

— Non, Jack, reste, reste.

Obéissant, il s'arrête mais je sais qu'il me suivra dès que j'aurai le dos tourné. Ayant prévu le coup, je sors de mon sac à dos un bâton menaçant. Le message porte. Le bâton, brandi dans ma main, rallume dans sa mémoire le souvenir douloureux de la correction de la veille. Il déguerpit promptement à la maison.

Raoul m'accueille, un sourire énorme aux lèvres. Nous prenons le raccourci de la tourbière, piquons à travers le bois et débouchons sur l'étang peuplé de nénuphars. Notre arrivée surprise bouleverse la vie paisible des grenouilles. À notre passage, elles plongent à l'eau sans hésitation.

Nous découvrons sur la vase plusieurs empreintes attestant des visites fréquentes de Longue-Patte. Nous bâtissons notre cache à l'endroit où elles sont les plus nombreuses. Pour la charpente, nous coupons des pôles d'épinettes que nous lions avec la ficelle. Nous recouvrons le tout de sapinage et de branches de saule. Notre cache se marie bien au décor.

Accroupis, les épaules collées, nous avons tout juste assez d'espace pour bouger. Enfermés dans le silence, nous attendons le fameux visiteur volant. Les minutes s'allongent, le temps s'étire... L'attente prolongée éprouve notre patience. Une nuée de maringouins siffle à nos oreilles et fait provision de sang neuf à nos dépens. Les bestioles que nous écrasons arrivent toujours plus nombreuses et mettent nos nerfs à vif.

L'inconfort mine peu à peu notre résistance. Longue-Patte viendra-t-il? L'attente infinie épuise finalement notre détermination. Nous décidons d'abandonner.

Je m'apprête à déplier mes genoux engourdis quand Raoul me donne un coup de coude. Sa tête me fait signe. À travers les branches de notre cache, j'entrevois la silhouette de Longue-Patte planant au-dessus de l'étang. L'envergure de ses ailes est immense. Il se pose près de la berge. Mon cœur cogne fort contre ma cage thoracique. Tellement fort que je l'entends. Je suis tout excité. La sueur perle sur le front de Raoul.

Longue-Patte se tient immobile, le

regard fixé sur les eaux dormantes. À la vitesse de l'éclair, son cou déclenche une attaque. Son bec happe une grenouille qui disparaît aussitôt, avalée tout entière. Il se déplace lentement vers nous. Je ne croyais pas qu'il était si grand.

Sans avertissement, sa tête défonce de nouveau les eaux calmes. Une autre grenouille rend l'âme. Longue-Patte s'approche de notre cache, la regarde. Nous voit-il? D'instinct je recule, ne voulant pas être confondu avec une grenouille. Le clin d'œil de Raoul m'encourage.

Longue-Patte nettoie son plumage avec son bec. Il est si près, c'est énervant! Qu'allons-nous faire? Mon regard croise celui de Raoul aussi nerveux que moi. Longue-Patte glisse sa tête sous son aile.

— Voilà notre chance. Allons-y.

Nous nous précipitons immédiatement de notre cache hurlant à tue-tête. Je trébuche sur le sapinage accroché à mes pieds. Longue-Patte déploie ses ailes. Raoul, l'eau aux mollets, court de toutes ses forces. Longue-Patte bat des ailes, décolle lentement. Raoul, à ses trousses, plonge, et les ailes battantes de Longue-Patte éclaboussent l'eau! Mais, où est Raoul? Je ne vois plus rien.

Longue-Patte s'agite, bat frénétiquement des ailes sans prendre son envol. Au milieu du tumulte, j'entrevois mon ami couché, la tête à peine hors de l'eau. Je ne suis pas certain, mais je crois que... que... Oui! Raoul retient Longue-Patte. Ce n'est pas croyable!

Les ailes bougeantes de Longue-Patte empêchent Raoul de se relever.

— Vite, vite! me crie-t-il.

La vase mange mes talons. Malgré mon désir d'aller à son aide, mes pieds s'enlisent. J'avance difficilement. Longue-Patte se débat de plus belle. Raoul, à bout de forces, n'en peut plus. Enfin! J'arrive...

mais... trop tard! Longue-Patte prend son envol et s'éloigne sans que nous puissions faire quoi que ce soit.

Dommage! Je suis vraiment déçu. J'aide Raoul à se relever. Exténué, il reprend son souffle. Mais qu'est-ce que je vois flottant sur l'eau? Une plume! Oui une plume, une longue plume laissée par Longue-Patte. Nous avons réussi. Youpi! nous avons réussi. Raoul la mérite bien. Je suis vraiment fier de lui remettre la plume prisée.

Dès notre retour, la nouvelle de l'exploit se répand comme un feu d'herbes. Le temps de le dire, et déjà un attroupement de bicyclettes roule chez Raoul. Tous veulent voir la plume et entendre le récit fabuleux que l'imagination de Raoul rend encore plus fascinant.

Ainsi, Longue-Patte a la grandeur d'un homme et il est si fort qu'il a soulevé Raoul dans les airs. Les regards des amis vissés sur moi cherchent la véracité des dires de mon copain. Je les confirme. Après tout, je n'ai pas été au cœur de l'action comme lui et n'ai pas tout vu. La plume n'est-elle pas une preuve suffisante de notre action valeureuse? La fierté étincelle dans les yeux de Raoul qui se bombe le torse de satisfaction.

# 3

Le cœur chantant, je retourne chez moi. À cheval sur ma bicyclette, je descends la butte au galop. L'air salin de la mer sent bon. Ma maison apparaît. Jack, fou de joie, tourne autour de moi telle une toupie. Il y met tant de cœur que ses pattes creusent des trous dans le sable.

Je descends de ma monture et le cajole. Sa langue affectueuse lave mon visage. Coco s'élance de son perchoir et se joint à la fête. Monté sur mon épaule, son bec s'amuse dans mes cheveux.

Longeant la maison, je remarque les arêtes du canot en devenir appuyées contre le mur. La fabrication progresse, quatorze arêtes sèchent au soleil. Je murmure à la forme qui prend vie:

— Tu vois, mon père prend soin de

toi. Quand tu seras un grand canot, j'aimerais ça que tu m'apportes dans ton royaume de lacs et de rivières.

Jack flaire les arêtes, lève une patte et en baptise quelques-unes. J'entre dans la cuisine en coup de vent. Ma mère, les mains enfarinées, boulange du pain banique. Mon père fume sa pipe dans la berceuse près du poêle à bois.

Je leur conte, gestes à l'appui, les péripéties de notre aventure: l'attente interminable, l'agression des maringouins nous piquant à qui mieux mieux, l'arrivée de Longue-Patte, sa taille impressionnante, le courage de Raoul, sa bataille héroïque et la plume confirmant notre victoire.

Le récit crée une forte impression. Ma mère rit aux éclats, s'imaginant Raoul montant au ciel avec Longue-Patte. Son tablier essuie les larmes coulant de ses yeux. Son rire contagieux entraîne celui de mon père et le mien. Seuls Jack et Coco, indifférents au récit, préfèrent arpenter le plancher de cuisine cherchant de quoi se mettre sous la dent et dans le bec.

Le jour passe, l'obscurité descend. La marée haute se repose, un rayon de lune dort sur la mer. Les étoiles percent le ciel, un vent léger souffle. Tout est si beau. Je suis vraiment choyé, le Grand Esprit fait de belles choses.

Les hululements d'un hibou emplissent le silence de la nuit. Mes yeux fouillent l'obscurité. Où est-il? Je ne vois rien. Les hululements reviennent, se rapprochent. Je me retourne. Il est là! Droit devant moi. Ses yeux rieurs me regardent. C'est mon père!

— Tu m'as eu, j'pensais que c'était un vrai hibou.
— Tu devrais dormir, il se fait tard.
— Je regarde les étoiles.
— Tu vois celle-là, c'est l'étoile polaire. Elle indique le nord; elle a toujours guidé les hommes.

— Le jour, on la voit pas, comment peut-on savoir où se trouve le nord?

— Tu regardes le pied des vieux arbres. La mousse sur le tronc est plus dense du côté sud.

— Ah oui!

— Tu vérifieras par toi-même. Quant à l'est, c'est facile, le soleil s'y lève.

— Et se couche à l'ouest.

— C'est ça. Maintenant que tu as fait le tour du monde, tu devrais aller te coucher.

J'ai bien dormi. Je ne me rappelle même pas les rêves que j'ai faits. Je déjeune en vitesse et rejoins Raoul. Nous retournons à l'étang et sommes heureux d'y retrouver Longue-Patte. Notre présence discrète ne l'importune aucunement.

Fidèle à ses habitudes, Longue-Patte poursuit son travail. Immobile, les pattes à l'eau, il monte la garde comme une sentinelle au-dessus de l'étang. D'autres grenouilles finissent leur vie dans son bec gourmand. Ayant terminé sa collation, il nettoie son plumage avant de reprendre son envol et d'aller compléter son repas ailleurs.

Longue-Patte parti, nous rebroussons chemin en direction de la rivière. Une vieille souche mangée par la mousse attire notre attention. La même idée nous trotte dans la tête. En deux temps, trois mouvements, nos couteaux multilames se désennuient sur des branches d'aulne qu'ils transforment en lances effilées.

Nos lances s'évertuent à atteindre la souche. Après plusieurs tentatives infructueuses, nous nous rapprochons de la cible et traçons une ligne que nos pieds ne peuvent dépasser.

La tension monte à savoir qui le premier atteindra l'objectif. Ma lance quitte ma main, file droit, fend l'air et éventre la souche en plein centre. Un coup fabuleux qui fait l'envie de Raoul. Je trépigne d'allégresse.

— T'as eu de la chance, me dit Raoul.

— Ben non, j'ai visé juste!

— C'est rien que de la chance. Le premier à réussir trois fois est le meilleur.

Je retire ma lance plantée solidement. Mon cœur pompe de joie. Nous prenons position et l'action reprend. Le compte est maintenant rendu deux à deux. L'excitation grimpe. Nous lançons nos projectiles simultanément. Chacun souhaite dévier de sa course celui de l'autre.

Je ferme un œil, mon bras gauche pointe la souche. Mon bras droit amorce sa descente et propulse ma lance. Elle franchit la distance et s'enfonce net dans la souche ébranlée. Raoul proteste immédiatement.

— Ça compte pas! Ton pied dépassait la ligne.

— C'est pas vrai, il était derrière la ligne.

— Quand t'as lancé, il s'est avancé.

C'est ainsi que de trois coups réussis, le concours passe à cinq; puis de cinq à dix. Raoul a cette tendance à changer les règlements à sa guise. Défoncée par la pointe de nos lances, la souche se désagrège avant que ni l'un ni l'autre ne réussisse les dix coups couronnant le vainqueur.

Nous affûtons la pointe usée de nos lances et reprenons l'aventure en quête d'autres cibles. Les conifères poussés dru serrent le sentier. Nous marchons comme de valeureux chasseurs, l'un derrière l'autre et l'oreille attentive aux sons de la forêt. Le courage chauffe nos veines.

— Et si on rencontre un ours? Qu'est-ce qu'on fait?
— C'est bien simple, Simon, on lui montrera la pointe de nos lances et il nous laissera tranquille.

Au même instant, une perdrix effarouchée décolle subitement à nos pieds. Ses ailes tambourinent si fort que Raoul, stupéfait, tombe à la renverse. Heureusement que ce n'était pas un ours!

Une clairière éloigne les arbres. Nous abordons la rivière. Plusieurs alevins nagent près de la rive. La rivière façonne des bassins assez profonds pour y plonger. Nous tirons profit de la clairière herbeuse. Faute de souche, nos lances essaient de parcourir la plus longue distance possible. Cependant elles doivent terminer leur course la pointe plantée dans le sol.

Raoul réussit un tir parfait. Un bosquet de saules avale sa lance. Nous courons la récupérer. Vive déception... la lance est bel et bien plantée, mais au milieu d'un énorme tas de canettes de bière vides. Qui aurait pensé une chose semblable?

— Qu'est-c'que ça fait icitte? demande Raoul, incrédule.
— C'est écœurant.
— Qu'est-c'qu'on fait?
— Ben on les ramasse.

— Comment? On n'a rien pour les mettre.

— On enlève notre pantalon, on fait un nœud dans le bas, pis on met les canettes dedans.

— T'es fou.

— Ben non! On travaille pour la nature.

Nos deux pantalons ne suffisent pas. Mon gilet s'occupe des canettes restantes. Nos vêtements chargés, nous prenons le chemin de la réserve. Le magasin général en vue, Raoul hésite à poursuivre la route.

— On peut pas y aller comme ça, on est presque tout nus! Ils vont rire de nous autres.

— C'est pas pire qu'un costume de bain.

— Vas-y, toi, moi j't'attends icitte.

— Prête-moi ton gilet d'abord.

J'entre dans le magasin général et déverse les canettes dans un panier. Le commis les compte et me remet deux dollars et quinze sous.

Avant de partir, un touriste me demande mon nom, me félicite, prend ma photo et me donne un billet de cinq dollars. Je le mets rapidement dans ma poche avant qu'il ne change d'avis. Je rejoins Raoul, impatient d'enfiler ses vêtements, car les mouches noires festoient sur sa peau.

— Combien t'as eu?

— Deux dollars et quinze sous, pis cinq dollars.

— Hein! Comment ça?

— Un touriste, il a pris ma photo. Si tu étais venu, on aurait eu dix dollars.

— Il a dû te prendre pour un pauvre, pis il t'a donné de l'argent.

— Je le garde pareil.

— Qu'est-ce qu'on fait?

— J'sais pas. Faudrait que les gens sachent qu'on laisse pas traîner des cochonneries dans la forêt. C'est notre terrain de jeux, on peut pas le salir.

— J'ai une idée. On va faire un écriteau et marquer «pas de cochonneries» dessus.

— Comment ça s'écrit «cochonneries»?

— J'suis pas sûr mais Lucie le sait. Elle est toujours première en classe.

— Ouais! Bonne idée! Pis moé, je vas dessiner une tête de mort épeurante et à côté une canette avec un gros X dessus. Comme ça, ceux qui savent pas lire vont comprendre aussi.

— Et la rivière va rester propre. Les animaux vont nous aimer.

— Allons-y.

Raoul informe les copains de notre projet et leur donne rendez-vous chez lui pour le lendemain. Lucie trouve l'idée excellente et accepte de collaborer. Mon père, fort content, me découpe une belle planche et taille un pieux auquel elle sera clouée.

Je dessine et peins la tête de mort lugubre ainsi que la canette avec un gros X dessus. La peinture séchée, j'apporte la planche à Lucie, heureuse de s'exécuter. Elle trace toutes les lettres avec soin. Chacune d'elles est parfaitement équilibrée et bien formée. La grande aiguille de l'horloge fait deux tours complets avant que Lucie ne termine l'opération. Je ne croyais pas que ce serait si long.

Je félicite Lucie pour l'excellence de son travail. Et là, à mon insu, elle m'embrasse sur la joue, proche des lèvres. Mon visage rougit. Franchement, ce n'était pas nécessaire. Sitôt sorti de sa maison, la manche de mon gilet efface les traces du bec indésiré et me procure un grand soulagement.

Après le souper, installé à la table de cuisine, je peins méticuleusement les lettres «cochonneries» d'un rouge éclatant afin qu'elles soient bien visibles. Ma mère, dans la berceuse, tricote des bas et dehors mon père s'affaire avec les arêtes du canot. J'aime ça lorsque nous travaillons tous en même temps.

La nuit avance. La fatigue abaisse mes paupières. J'essuie ma quatrième tache de peinture. Épuisé, j'abandonne à regret les trois dernières lettres sans couleur. Étendu dans la tente, je tombe pieds joints tout habillé dans le sommeil.

À mon réveil, l'écriteau, cloué sur l'épieu avec toutes les lettres peintes, capte mon regard. Adossé contre la maison, il luit au soleil. Pendant que je dormais, ma mère a complété le travail. Que je suis content! Je la remercie plusieurs, plusieurs fois.

Les copains ont répondu à l'appel. Réunis chez Raoul, nous nous ébranlons en file indienne. Alertées, quelques mésanges curieuses nous regardent parader dans le sentier jusqu'à la rivière. Nos épaules échangent à tour de rôle l'épieu surmonté de l'écriteau. Parvenus à la rivière, nous creusons un trou dans lequel l'épieu prend position. Des roches placées autour le consolident. L'écriteau planté bien droit a fière allure.

Lucie propose que nous formions une alliance entre nous. Nous faisons cercle autour de l'écriteau et, main dans la main, nous nous engageons à être les gardiens de la rivière, de la forêt et des animaux qui l'habitent. Nous demandons au Grand Esprit de nous aider dans notre tâche.

Nos visages arborent un sourire radieux. Nous goûtons le plaisir d'avoir accompli quelque chose de bon. La cérémonie complétée, nous nous amusons comme des fous le jour durant. Le soleil doit rigoler de nous voir aussi heureux.

# 4

J'entends les vagues s'échouer sur la grève. Un brouillard épais venu de la mer cache tout. Même les maisons voisines ont disparu. Nous sommes seuls dans un nuage dense. Le poêle à bois qui ronronne chasse l'humidité de la maison.

Je roule des laines démêlées en boules grosses et petites. Ma mère coud des perles multicolores sur de nouveaux mocassins. Elle crée des motifs très jolis. Elle vend les mocassins au magasin général qui les revend aux touristes.

La fabrication du canot avance rondement. Toutes les arêtes sont faites. Quand elles auront séché, mon père les assemblera. Elles formeront la structure du canot; une sorte de squelette qu'il recouvrira d'une toile de canevas comme une peau. Alors le canot nous mènera à l'aventure. J'ai hâte.

Le vent se lève, le brouillard se disperse enfin. La rosée lourde dégouline des herbes. La vie redevient visible. Je sors dehors, le soleil m'embrasse. Mes parents se rendent au magasin général faire leurs emplettes.

Jack, la queue agitée comme un drapeau au vent, récupère un bâton qu'il me rapporte. Je le relance et il repart le chercher à toute vitesse. Une grenouille s'aventure par mégarde sous le perchoir de Coco. Intrigué, Jack s'approche de l'étrange visiteuse. La grenouille bondit haut. Surpris, Jack aboie, ne sachant que faire face à cette curieuse bête qui a, selon lui, une drôle de façon de se déplacer.

Coco croasse, tourne un œil vers la grenouille. Oh... oh... a-t-il l'intention de la manger? La grenouille se tapit. Je l'attrape avant que Coco ne décide d'en faire son repas. Une ombre s'allonge près de moi. Une voix me demande:

— Que fais-tu?

Mes yeux se lèvent sur Lucie, ses dents blanches me sourient.

— Je sauve une grenouille, Coco voulait la manger.
— Regarde ce que j'ai apporté.

Elle sort d'une tasse un bâtonnet perforé à un bout. Elle souffle dessus, une série de bulles savonneuses se forme. Jack, la tête légèrement penchée, observe leur balade. Une grosse bulle aboutit sur son museau.

Ses yeux louchent, nous rions. Sa patte touche la bulle audacieuse qui explose subitement. Étonné, il la cherche partout. N'y comprenant rien, il jappe et s'élance à la poursuite des autres qui paradent dans l'air.

— Va te chercher une tasse, me propose Lucie, nous allons faire des bulles à
deux.

Je place la grenouille dans un bocal
sur le comptoir de la cuisine, près de la
fenêtre entrouverte. Je prends une tasse
et rejoins Lucie. Le vent transporte les
bulles tout autour. Quelques-unes voya-
gent seules, d'autres ensemble. Souvent
elles crèvent en chemin avant de se poser
quelque part.

C'est féerique, nous voyons les couleurs de l'arc-en-ciel bouger dans les bulles. Nous jouons à qui fera la plus grosse
et laquelle parcourra la plus longue distance. Jack s'efforce de toutes les attraper. Bientôt l'eau savonneuse vient à manquer ce qui met un terme à nos jeux.
J'invite Lucie à m'accompagner dans le
bois afin de trouver un endroit sécuritaire
pour la grenouille.

Surprise! elle n'est plus dans le bocal
où je l'avais mise ni sur le comptoir de

cuisine, ni sur le plancher, ni nulle part. Mais où est-elle?

— Elle est peut-être sortie par la fenêtre, suggère Lucie.
— Tu penses?
— Si elle était ici, nous la verrions.

Nous descendons la dune et visitons la plage. Bécassines et pluviers arpentent la grève en quête de nourriture. Les mouettes au large suivent le retrait des eaux. La marée haute a laissé un trésor de coquillages. Lucie cherche de beaux spécimens pour sa collection. D'autres serviront à la confection des colliers qu'elle affectionne. La cueillette est rapide. En un rien de temps, nous rebroussons chemin les poches pleines de coquillages.

Nous nous arrêtons près de la dune et construisons sur le sable un village circulaire constitué de maisons rondes comme des igloos. Une double rangée de ramilles d'épinette blanche l'entoure. Nous plaçons ici et là quelques étoiles de mer en guise d'aménagements floraux. Des cailloux plats et luisants disposés autour du village miroitent comme des lacs.

Le soleil décline, nous remontons la dune. Mes parents invitent Lucie à partager notre repas. Ma mère nous sert de généreuses portions de soupe aux pois. Lucie est heureuse, elle parle et avale en même temps.

Ma mère se lève et s'approche du comptoir. Un linge de table humide près de la vaisselle m'intrigue. Il bouge! Est-ce possible? Pourtant, je ne rêve pas. Voyons! Il bouge encore plus. Mais qu'est-ce qui se passe? J'écarquille mes yeux et réalise à mon grand étonnement qu'il gigote de plus en plus. Ça alors! Est-ce que j'hallucine? Mes yeux me jouent-ils des tours? Je les frotte et qu'est-ce que je vois? La tête de la grenouille sous le linge.

Avant que je ne puisse réagir, ses longues pattes se détendent. Oh! oh! elle atterrit directement sur l'épaule de ma mère qui n'en croit pas ses yeux! Une chance que ma mère n'est pas peureuse. S'il avait fallu qu'elle crie et que la grenouille entre dans sa bouche! Je préfère ne pas y penser.

Déconcertée et désireuse de poursuivre sa randonnée, la grenouille quitte sa position inusitée. Une autre enjambée la dépose sur la table. Trop surpris, je demeure figé sur ma chaise. Sautillant, elle s'élance de nouveau et cette fois termine sa course en plein dans le bol de soupe de mon père. Sous l'impact, le bol se vide de moitié.

Barbotant dans le bol, elle éclabousse ce qui reste de la soupe et en sort avec un pois sur sa tête. C'est tellement comique que le fou rire nous emporte. Ma mère se tient le ventre, Lucie manque de s'étouffer et mon père se tape les cuisses. La grenouille, voulant sans doute nous épater, exécute deux autres sauts acrobatiques avant que je ne la saisisse.

Lucie n'oubliera pas de sitôt ce repas chez nous qu'elle racontera sûrement à son entourage avec grand plaisir.

L'obscurité chasse le jour. La pleine lune drapée orange se pointe à l'horizon. Elle étale un faisceau lumineux sur la mer. Le feu me tient chaud et souffle des étincelles. Un papillon de nuit attiré par la lueur s'y précipite; ainsi se termine sa vie. Jack, roulé à mes pieds, ne dort que d'un œil.

J'attise les braises et jette d'autres branches au feu. Le bois mou crépite, des tisons éclatent. Les chauves-souris pourchassent les insectes. Les étoiles innombrables scintillent dans le firmament. Elles réjouissent mon regard. Le ciel est si vaste! Y a-t-il quelqu'un là-haut qui me regarde?

Mon couteau aiguise une branche. Deux guimauves s'y enfilent. Les braises chaudes les brunissent. Je retire des flammes les guimauves qui fondent dans ma bouche. C'est succulent.

La pleine lune, montée plus haut, éclaire la nuit. Les arbres projettent des ombres comme pendant le jour. Les braises se couchent, une autre guimauve trouve ma bouche. Je m'allonge sur le sable; ma tête s'appuie sur les flancs de Jack. Mon oreille écoute les sons de la nuit. Les étoiles emplissent mes yeux. Impossible de les compter! Je sens que je suis l'enfant de la nature, elle m'aime et moi aussi je l'aime.

Une étoile filante traverse le ciel. Je ferme les yeux, pose les mains sur mon cœur et fais un vœu: partir cet automne avec mes parents au milieu de la forêt sur notre territoire de chasse familial. Je remercie le Grand Esprit de Ses faveurs et j'embrasse tout le ciel. Je me lève, couvre de sable les braises cendrées et trouve mon sommeil dans le confort de la tente.

Emporté dans le monde du rêve, je navigue avec notre canot neuf sur les eaux paresseuses d'une rivière. Un troupeau de caribous court le long des berges.

Des cumulus se reflètent sur les eaux claires. Les arbres me saluent au passage et m'invitent à découvrir le grand pays, étendu à perte de vue. Un soleil éblouissant m'accompagne. Des rapides murmurent en aval près du camp de chasse de mes parents. Ma rame travaille les eaux profondes. Au moment de m'engager dans les rapides, j'entends une voix.

— Simon, Simon.

Et encore une fois.

— Simon, Simon.

Une main secoue mon épaule. J'ouvre les yeux et vois mon père penché au-dessus de moi.

— Viens, Simon, viens voir.
— Je rêvais que je me promenais en canot.
— Viens voir, insiste-t-il.

Il m'entraîne dehors.

— Regarde.

Mon regard se lève. Une lueur rouge enflamme le ciel. C'est grandiose. Jamais je ne l'ai vue aussi belle. L'aurore boréale visite la nuit. Ses lumières transparentes couvrent le ciel. Elles découpent l'espace de filaments de couleurs qui explosent dans toutes les directions. C'est tellement beau!

Les lumières déferlent par vagues successives au-dessus de nos têtes. Elles semblent si près que j'ai le goût de les toucher. Ému, je lève les bras. Partout où mon regard se pose, il voit le ciel en fête. Je n'ai jamais rien vu d'aussi saisissant. Tout le firmament est décoré de lumières rouges, roses, vertes, jaunes...

— Tu vois, mon fils, explique mon père, la nature donne gratuitement ce qu'elle a de meilleur. Elle enseigne aux hommes comment agir. Elle mérite notre respect et notre protection.

Assis côte à côte, plongés dans le silence, nous observons la féerie céleste de longs moments. Elle éblouit nos yeux et contente nos cœurs. Je m'endors la tête remplie de couleurs.

Le jour pénètre dans la tente. La langue de Jack chatouille mes orteils sortis de la couverture. Sapré Jack! Toujours aussi enjoué et content de me voir. Coco crie sa faim. Je nourris mes deux copains. Après mon déjeuner, j'emporte chez Raoul un bidon de graisse vide.

Je lui conte ma nuit fabuleuse, les prouesses de l'aurore boréale, sans oublier l'étoile filante et mon rêve.

— J'ai fait un souhait lorsque l'étoile filante a traversé le ciel.
— Quel souhait?
— Partir avec mes parents quand viendra la saison des fourrures.
— Tu peux pas!
— Pourquoi?
— À cause de l'école.

— La nature aussi est une école. Elle enseigne beaucoup de choses.

— C'est pas pareil. Tu ne peux pas y apprendre ce qu'on apprend à l'école.

— J'suis pas d'accord. Ma mère lit le journal, elle pourra m'aider. Mon père peut m'apprendre à lire les nuages et les pistes des animaux.

— Et qui t'apprendra à compter?

— Ma mère, c'est elle qui paie les factures.

— Ouais! J'avais pas pensé à ça.

— En plus, j'ai rêvé que je naviguais dans notre canot. Et juste avant les rapides se trouvait le camp de chasse de mes parents.

— Pis?

— Ben si je l'ai vu en rêve, ça peut arriver. Quand mon père voit des bêtes dans ses rêves, il sait où les trouver. Il prend son tambour, chante son rêve et demande au Grand Esprit de lui montrer le chemin des animaux et la permission de les capturer.

— Pis?

— Ben on peut faire pareil. Jouer du

tambour et chanter mon rêve. Si nous demandons au Grand Esprit de l'exaucer, mon rêve peut se réaliser.

— On n'a pas de tambour.

— On peut prendre le bidon, ça va faire comme un tambour. Viens-tu?

— Où?

— Dans la forêt. Ça résonne plus fort dans le bois. Le Grand Esprit va mieux nous entendre.

Nous longeons la rivière assez loin pour être seuls et entrons dans la forêt. Nous coupons un jeune bouleau en deux morceaux que nos couteaux taillent en baguettes. Nous renversons le bidon à l'envers. À genoux l'un en face de l'autre, nous le frappons lentement. Des sons creux, amplifiés par la forêt, retentissent. C'est surprenant.

Nos rythmes s'accordent. Nous sentons les vibrations sur le sol. Le chant du tambour emplit l'air. Il bat à l'unisson avec nos cœurs. La cadence de nos baguettes augmente. Les sons puissants du tambour vibrent en nous, nous donnent la chair de poule.

Ma bouche s'ouvre. Je chante mon rêve. Il monte droit au ciel avec les sons du tambour. Nous sommes heureux, énergisés. Les vibrations nous entraînent à jouer et jouer encore plus du tambour. Nous ne pouvons nous arrêter tant c'est captivant. Quelle expérience formidable!

Nous nous inventons une danse et chantons plus fort. Nos pieds tambourinent sur le sol. Nos bras se promènent dans l'espace. Nos voix mêlées chantent la beauté des rivières, la générosité de la forêt, l'amitié des animaux... Nous tournons sur nous-mêmes et autour du tambour, de plus en plus vite. Finalement, le vertige nous couche à terre.

Nos corps se reposent sur le sol. Nous sommes comblés.

— Avec tout ça, affirme Raoul, je pense que ton rêve se réalisera.

— J'comprends!

— Ce qu'on est bien!

— On se sent chez nous.

— Nous sommes chanceux de vivre dehors, près de la forêt.

— C'est vrai.

— J'aimerais ça qu'on reste toujours amis.

— Moi aussi.

— Jusqu'à la mort.

— Jusqu'à la mort, et même après.

— Moi aussi...

# 5

La pluie tombe depuis trois jours. La terre exhale des odeurs neuves. Pour me dégourdir les jambes, je mets le nez dehors entre les averses. Les grenouilles s'en donnent à cœur joie, leurs chants agrémentent la nuit.

Confiné à la tente, j'épluche des branches de saule avec mon couteau. Ma mère, qui connaît les plantes guérissantes, utilise l'écorce en infusion pour soigner l'arthrite des aînés. Mon père, raboteuse en mains, travaille une planche d'épinette rouge. Les copeaux qui s'en échappent enterrent ses genoux. Peu à peu, les rames du canot prennent forme sous les coups précis de sa hachette.

Coco, impatient de soleil, fait les cent pas sur le sapinage pour chasser l'ennui. Le pelage tout mouillé, Jack entre dans la tente. Se secouant, il cause une petite averse à l'intérieur puis se couche satisfait. Sa queue, qui se promène comme un essuie-glace sur le sapinage, attire l'intérêt de Coco qui cherche à s'occuper. Son bec s'amuse à la picoter. Ayoye! Jack hurle de douleur, la queue bien pincée. Insulté, vif comme l'éclair, il se précipite sur Coco. Un bref combat s'engage. Coco, quelques plumes en moins, prend rapidement refuge sur mon épaule. Jack, les crocs saillants, lui signifie de ne plus recommencer.

Le jour glisse lentement dans l'obscurité. Le vent pousse les nuages qui déménagent à toute vitesse. Le scintillement des étoiles annonce enfin le retour de jours ensoleillés. Demain nous irons cueillir le bleuet.

La matinée s'éveille, radieuse. Une belle journée bleue s'installe. Le vieux camion conduit par Claire, la mère de Raoul, se présente à la maison. Le camion sitôt immobilisé, Raoul et Camelle, la sœur de Jack, sautent de la boîte arrière.

Jack et Camelle se font la bise et s'élancent langues pendantes à la poursuite l'un de l'autre.

Ma mère prend place sur la banquette avant et je m'installe avec Raoul et les chiens dans la boîte du camion. Il nous conduit à la tourbière bordant la rivière. Nous roulons sur le chemin de terre, une chanson aux lèvres.

Parvenus à destination, une mer de bleuets, gonflés par les dernières pluies, s'offre à nous. Ils sont si nombreux que nous ne savons où donner de la tête. Nous courons d'un buisson à l'autre. Assis, à genoux, courbés, nous cueillons les fruits savoureux que nous transvidons de nos récipients dans des grosses chaudières en plastique.

Nous nous empiffrons des baies gorgées de soleil. Le jus coule sur nos mentons, nos gilets changent de couleur. Que c'est bon! Et ça ne coûte rien, sauf le plaisir de les ramasser. Nos ventres rassasiés, nous abandonnons la cueillette et plongeons tête première dans nos jeux.

Nous barbotons dans la rivière ensablée. Les alevins nous sucent les mollets. Nous roulons du bout des doigts des boulettes de pain que nous leur lançons. Nos éclats de rire fusent. Nous avançons en caleçon dans les eaux transparentes jusqu'à hauteur des cuisses. Nous hésitons à tremper nos nombrils dans les eaux froides. Nos dents claquent, nos corps grelottent, nos peaux frissonnent.

Jack et Camelle attrapent les bâtons que nous leur lançons. Une plume trouvée au hasard se plante dans mes cheveux. Nous surveillons la fuite d'une sauterelle affolée sur un buisson... L'énergie nous déborde du corps.

Et voilà qu'un morceau d'écorce de bouleau, aperçu voguant vers les rapides, se transforme en bateau imaginaire. Il devient le bateau de redoutables pirates que nous visons de cailloux. La pluie de nos projectiles l'éclabousse sans l'atteindre.

— Vite, Raoul! Faut le couler avant les rapides. Faut pas qu'il s'échappe.

Un, deux, trois cailloux nous lançons à la fois. Mais le bateau vogue toujours et approche des rapides.

— Grouille, Simon! Si on le coule pas, on perd.

Nos bras lancent une autre volée de cailloux que le bateau évite encore. Immédiatement une troisième volée s'abat tout autour. Nouvel échec. Zut alors! Il n'y a rien à faire, le bateau se moque de nous, le courant l'emporte. Dix, même vingt cailloux tirés ensemble sont incapables de le toucher.

C'est décourageant. Énervés, la sueur au cou, nous lançons simultanément d'autres cailloux sans causer le moindre dommage. Nous nous résignons à avouer notre échec quand, à la dernière seconde, non pas un, mais trois cailloux touchent la cible.

Quel soulagement nous ressentons à la vue de l'écorce trouée! Nos mains se tapent de satisfaction. Ah! ce qu'on est heureux. Rien au monde ne peut être meilleur.

Nous quittons la berge et longeons le bois. Jack, le museau au sol, suivi de Camelle, ouvre la marche. Il s'arrête, lève sa patte avant, puis décampe comme une flèche, entraînant Camelle dans la forêt. Nous les suivons du regard puis les perdons. Ils aboient comme des enragés.

— Ils ont vu quelque chose.
— Ouais! J'me demande quoi.

Ce disant, un lièvre fait subitement son apparition avec, à ses trousses, Jack et Camelle. Les puissantes foulées des deux chiens les rapprochent de leur proie, maintenant à portée de crocs.

— Ils vont l'avoir.

Soudainement, il freine. Les chiens dérapent, passent tout droit; toujours libre, le lièvre court.

— Hein! Ç'a passé proche.

Le cœur au ventre, les chiens reprennent la poursuite. De nouveau la distance qui les sépare de leur proie diminue. Ils sont si près que le lièvre doit sentir leur souffle au cou.

— J'pense que sa fin approche.
— Il ne peut plus se sauver!

C'est alors que le lièvre bifurque brusquement; les chiens mordent encore la poussière.

— As-tu vu ça? Un vrai casse-cou, ce lièvre-là!

Surexcités, la poitrine haletante, Jack et Camelle repassent à l'attaque. Rapidement ils se collent aux talons de leur proie. Ils ajustent leurs élans. Cette fois je crois que le lièvre est vraiment pris. Mais non! Gauche, droite, vif comme le vent, il bondit partout évitant les crocs menaçants. Il saute si haut qu'on voit le jour sous son ventre. Il zigzague tant, qu'il mêle nos compagnons qui ne savent plus quelle direction prendre.

Épuisée, Camelle ralentit. Jack poursuit seul la course endiablée. Le lièvre feinte, le déjoue et revient sur ses pas. Mais Camelle l'attend de pied ferme. Le lièvre est pris en souricière. Jack, rendu sur lui, s'apprête à le renverser de sa patte. Le lièvre agile feinte habilement, coupe et refeinte. Mais, cette fois, sa ruse ne trompe ni Jack ni Camelle qui lui coupent toute possibilité de fuite. Cerné, le lièvre n'a plus d'espace de manœuvre, ne peut leur échapper. Ça alors! Au dernier instant il saute par-dessus Camelle qui n'y voit que du feu.

Le voilà maintenant venir droit sur

nous, ses longues oreilles couchées sur son dos et Jack le museau accroché à son derrière.

— Prépare-toi, Raoul, on va l'attraper.

Écartant bras et jambes, nous couvrons le plus d'espace possible. Le lièvre arrive à toute vitesse. Nous sommes prêts. Nous ne pouvons le manquer. Il exécute deux formidables acrobaties et nos bras se ferment sur le vide.

Le chanceux! Il trouve son terrier et s'y précipite sans cogner à la porte.

— Je l'ai presque eu. Regarde, il m'a laissé une touffe de poils dans la main.

Jack et Camelle, griffes sorties, déchirent vigoureusement la tourbe autour du terrier pour l'agrandir. Ils n'ont qu'une idée en tête, s'y engager. C'est l'enfer pour les calmer. Ils n'écoutent plus, excités par l'odeur du lièvre en sécurité sous terre.

Nous débouclons nos ceintures, les passons autour de leur cou et les tirons de force. Puis nous remontons la rivière et faisons halte sur des roches plates. Une ombre glisse au-dessus de nous. Nos yeux surprennent un magnifique balbuzard immobile dans le ciel. Il descend progressivement en spirale, se rapprochant de la rivière. Ses yeux fouillent les eaux claires.

Il plonge, ailes ouvertes, éclabousse la surface de l'eau. Ses sifflements perçants «tchîrik...tchîrik...tchîrik» se répandent dans l'air. Il reprend son envol une truite captive dans ses serres. Ébahis, nous le regardons s'éloigner.

— Qu'il est beau.
— Tu parles d'un beau spectacle!
— C'est sûr! Et tes parents vont-ils t'amener sur votre territoire de chasse?
— J'sais pas. J'leur ai pas demandé.
— Pourquoi?
— S'ils disent non, je vais être déçu.
— Faut quand même que tu leur demandes.

— J'sais, mais j'aime mieux attendre.

— Attendre quoi?

— De trouver les bons mots à dire, c't'affaire.

Nous rejoignons nos mères. Le plaisir luit dans leurs yeux. Elles se lavent mains et visages dans la rivière, chassant la fatigue de la cueillette. Plusieurs chaudières pleines de bleuets témoignent de leur ardeur à la tâche. Elles partageront une généreuse ration de la récolte avec des proches. Quant au reste, il deviendra confiture et galettes bonnes à s'en lécher les babines.

Installés à l'arrière du camion, nous appuyons nos têtes sur Jack et Camelle, nos oreillers de fourrure aussi exténués que nous. Le sommeil nous cueille dès les premiers ronronnements du moteur. C'est sans la voir que nous parcourons la route du retour. Les «crâ... crâ...» de Coco nous sortent de nos rêves de bleuets... du bateau pirate... du lièvre... du balbuzard...

Réal, le père de Raoul, aide mon père à l'assemblage du canot. Le travail va bon train, une blague en attire une autre. Profitant du beau temps, nous mangeons tous ensemble autour du feu. Nous avons droit à un vrai régal pour dessert. Nos mains tiennent trois grosses boules de crème glacée en équilibre sur un cornet. Raoul vibre de joie. Il promène Coco sur son épaule, le bec enfoncé dans la crème glacée.

L'obscurité descend. L'assemblage du canot se poursuit sous l'éclairage d'une ampoule électrique. Nos pères se rappellent les souvenirs heureux de leur jeunesse dans le bois. Ils parlent d'expéditions lointaines, de grandes chasses, de portages... Ils content une époque où nos ancêtres, libres et autonomes, parcouraient de vastes territoires en quête de nourriture et de fourrures.

Je suis tout ouïe. Chacune de leurs paroles trouve son chemin droit à mon cœur. Elles augmentent mon désir de connaître cette vie palpitante. Raoul me lance un clin d'œil complice et me glisse à l'oreille:

— Demande-lui s'il va t'amener.
— Chut... j'écoute.

Mon père parle du monde invisible peuplé d'esprits bienfaisants, responsables de la protection des animaux. C'est prenant. Il explique le lien sacré qui unit l'homme à la Terre-Mère. C'est comme ça qu'il appelle la nature. Il a raison, c'est elle qui nourrit les plantes, les animaux et nous, les humains.

— L'homme, dit-il, doit réapprendre à vivre en harmonie avec la Terre-Mère.
— Demande-lui, me répète à voix basse Raoul.
— Non, j'te dis. Plus tard.

L'assemblage terminé, nous rangeons les outils. Le canot a vraiment l'air d'un squelette de poisson. Nous le plaçons tourné à l'envers sur des supports près de la tente.

**6**

Blotti sous la couverture, je suis préoccupé. Mes pensées gardent mon sommeil à distance. Je cherche les mots pouvant gagner l'approbation de mes parents à mon désir. Comment les convaincre de m'amener avec eux sur notre territoire de chasse familial?

Il me reste peu de temps, bientôt l'été nous quittera. Le soleil monte déjà moins haut dans le ciel, l'obscurité descend plus vite. Mes amis les ailes s'envoleront vers le sud. Les feuilles aussi prendront leur envol, laissant les arbres nus. Où serai-je? En pension chez Raoul ou bien à courir le bois avec mes parents? Et l'école qui vient à grands pas; je dois me décider, sinon il sera trop tard.

Toutes ces questions m'empêchent de dormir. Je suis triste, Jack le sait. Il sent mon malaise, sa langue affectueuse caresse mes mains.

— Dis, mon beau Jack, as-tu une idée? Qu'est-ce qu'on va faire?

Il geint faiblement.

— Toi aussi t'aimerais venir, hein! Imagine le plaisir qu'on aurait ensemble. Et tout ce que l'on apprendrait.

Il jappe, signifiant son accord.

— J't'aime, mon beau Jack.

Mes bras entourent son cou. Je l'embrasse sur le museau. Il lave mon visage d'un grand coup de langue.

Mon sommeil hésite toujours à venir. J'allume la lampe à huile et sors dans la nuit. Les yeux de notre maison sont fermés. Le clair de lune me guide jusqu'à la dune. Je m'assois. J'écoute la mer qui baigne la grève. Le vent joue dans mes cheveux.

Les étoiles me tiennent compagnie. Je suis si petit et le firmament si vaste. J'admire l'œuvre du Grand Esprit. J'ai le goût de Lui parler. Ma voix intérieure s'élève et Lui demande de répondre simplement à mon désir. Peu à peu une grande paix m'habite. Je sens des palpitations joyeuses dans mon cœur. Je retourne sur mes pas, la tête reposée. J'éteins la flamme de la lampe à huile et rencontre aussitôt le sommeil.

Les «crâ... crâ... crâ...» de Coco réveillent mes oreilles. Frais et dispos, j'ouvre les yeux sur le jour et marche dans sa clarté. Coco se pose sur mon épaule, son bec me chatouille le cou. Le canot monté sur ses supports attire mon attention.

— Salut, mon beau canot, t'as passé une bonne nuit?

Il me répond de son silence.

— Je te présente tes copains, Coco le

joueur de tours, Jack le fidèle, et moi, je suis Simon. T'as belle allure, t'es grand maintenant. Quand mon père t'habillera d'une belle toile, tu seras encore plus beau. Tu pourras enfin vivre ta vraie vie de canot et voguer sur les eaux pures.

— Simon! Viens manger.

— Tu entends cette voix? C'est ma mère, Louise. Elle prend soin de moi, fait mes vêtements et prépare mes repas. Quand ça va mal, c'est elle qui me console. Si je suis malade, elle me guérit. Elle a beaucoup d'amour dans son cœur et sourit toujours.

— Simon! n'as-tu pas entendu ta mère? Grouille, elle a d'autres choses à faire.

— Celui qui vient de parler, c'est Raymond, mon père. C'est lui ton artisan. Il t'a fait de ses mains. Il travaille bien, hein! T'es chanceux, nous sommes ta famille. Nous te ferons connaître de grands espaces. La liberté te mènera loin, très loin. Sois patient, mon père s'occupe de toi et bientôt tout ce que je te dis se réalisera.

— Simon, as-tu compris? ton déjeuner est prêt, répète mon père qui approche.

— Tu entends, mon beau canot? Il faut que je te laisse. Quand mon père parle, l'obéissance suit. Bon ben, bonne journée!

— Dis donc, mon gars, tu te traînes les pieds?

— J'admirais le canot. Quel nom va-t-on lui donner?

— Il n'a pas besoin de nom.

— Les bateaux qui naviguent sur la mer ont bien un nom. Celui qui visite les villages de la Côte s'appelle bien le «Nordic Express». Pourquoi notre canot n'aurait pas un nom?

— Je n'y ai jamais pensé. Et comment l'appellerais-tu?

— J'sais pas. On pourrait peut-être l'appeler «Vaillant». Vaillant! ça sonne bien. Pis pour affronter les rapides et nous transporter, faut être brave et fort.

— Oui, vaillant est une belle qualité. Si ça te fait plaisir, je suis bien d'accord. Allez, viens manger maintenant.

— Quelle couleur vas-tu le peinturer?

— Vert.

— Moi, j'aimerais mieux rouge, comme le sang. Ça va lui donner de la force.

— C'est une bonne idée. Le rouge symbolise l'énergie, la vigueur. Dis donc, mon fils, tu raisonnes bien, où pêches-tu ces idées?

— Ben... dans ma tête.

— Je suis fier de toi, tu as une bonne tête. Je suis d'accord, le rouge lui conviendra parfaitement. Là, tu es content?

— Ben oui.

Son regard chaleureux plongé en moi augmente mon bonheur.

— Allons déjeuner maintenant, ta mère et moi avons une grosse journée devant nous.

L'odeur des cuissons envahit mon nez et ouvre mon appétit.

— Louise, dit mon père en entrant dans la cuisine, notre garçon devient un homme.

Le sourire sur les lèvres de ma mère s'élargit. Ces simples mots sortis de la bouche de mon père stimulent la joie de mon cœur. Un fort sentiment de valorisation m'habite.

Je suis heureux, mon père a accepté mes suggestions sans hésitation. Le canot s'appelle «Vaillant» et de rouge il sera peint. Cependant, mes parents accepteront-ils que je fasse partie de leur séjour sur notre territoire de chasse? Je brûle du désir de le leur demander, mais la confiance me manque. Et, dans le fond, je préfère entretenir encore mon rêve plutôt que de le perdre advenant une réponse négative.

Ma mère étend son lavage au grand air. Bas, gilets, culottes, pris au vent, gigotent sur la corde à linge alourdie.

Je pédale chez Raoul et le croise promenant son ennui à mi-chemin sur la route de gravier. Nous décidons d'aller nous baigner aux cascades et voici que Lucie vient vers nous:

— Qu'est-ce que vous faites?

— On va se baigner aux cascades, répond Raoul.

— Est-ce que je peux venir?

Les yeux de Raoul me sondent, guettant ma réaction. Je réfléchis à la question. Il y a des jours où nous ne voulons rien savoir des filles et d'autres où ça ne nous dérange pas.

— Qu'est-ce que t'en penses, Simon?

— Ben! C'est peut-être la dernière fois que l'on se baigne avant que l'été nous quitte. Elle peut venir.

Tout sourire, Lucie s'installe sur ma bicyclette et nous partons à l'aventure. L'eau froide nous saisit, nos corps grelottent, mais le plaisir triomphe et nous plongeons dans les eaux vives du premier bassin. Bientôt nous ne sentons plus l'eau froide qui durcit nos muscles.

Marchant sur les roches, nageant d'un bassin à l'autre, nous descendons la rivière vers la grosse chute. En cours de route nous inventons des aventures dont nous sommes les héros. Chaque bassin offre des jeux et des périls différents.

Nous exécutons les plongeons les plus audacieux, les sauts les plus longs, les prouesses les plus difficiles. Sous l'eau nous combattons d'énormes requins et de redoutables crocodiles. Nous nous portons secours au péril de nos vies. Nous redoublons de hardiesse pour impressionner notre compagne Lucie.

La rivière forme un couloir étroit creusé dans le granite. Couchés sur le dos et les jambes à l'avant, le débit de l'eau nous emporte à toute vitesse. Nous glissons sur le lit de la rivière et contournons les roches émoussées. L'eau bouillonne au-dessus de nos têtes, le courant nous entraîne et nous projette finalement dans un grand bassin calme.

Nous nous amusons comme des loutres et répétons l'expérience excitante plusieurs fois. Lucie, jugeant l'opération périlleuse, observe nos ébats et nous rejoint par le sentier bordant la rivière.

La grosse chute tonne tout près. Un brouillard léger s'élève au-dessus d'elle. Debout sur le bord de l'escarpement, nous écoutons le grondement des eaux tombantes. Elles plongent dans un gouffre sans fond, entouré de pierres.

— Aie! C'est haut! Je ne voudrais pas y tomber, lâche Lucie.
— Es-tu près, Simon? s'informe Raoul.
— Oui.
— Vous n'allez pas sauter! C'est bien trop haut.

Cette remarque de Lucie pique notre fierté. Nos cœurs trépignent de courage. Voilà l'occasion de l'épater et de lui montrer notre bravoure. Gonflés à bloc, nous dominons notre hésitation passagère. Nous évaluons l'élan nécessaire pour éviter le tourbillon et... un... deux... trois... nous sautons dans le vide.

Le choc nous pince la peau. Nous nous enfonçons profondément dans les eaux noires. Le grondement de la chute bourdonne à nos oreilles. La pression de l'eau nous serre la tête. L'eau froide des profondeurs nous coupe le souffle. Nous nageons rapidement vers la lumière et émergeons des eaux cristallines, fiers de notre exploit.

Les bras de Lucie fendent l'air en haut de la chute, saluant notre prestation. Nous rions. Elle semble aussi heureuse que nous. Elle emprunte le sentier et se joint à notre bonheur dans le bassin.

— Simon, est-ce qu'on lui montre? me glisse Raoul à l'oreille.

— J'sais pas.

— On va lui faire jurer de le dire à personne.

— O.K.! J'vais lui demander.

— Lucie, peux-tu garder un secret?

— Bien oui!

— J'veux dire un vrai secret.

— Oui, pourquoi?

— On a quelque chose d'important à te montrer si tu jures sur ton cœur de ne le dire à personne.

— Je jure.

— Mais avant, combien de temps peux-tu rester sous l'eau?

— Je ne sais pas, pourquoi?

— Peux-tu retenir ton souffle, disons... une minute?

— Je pense que oui.

— Suis-nous.

Nous nageons à proximité des eaux turbulentes.

— Prends une grande bouffée d'air et tiens-toi par mes hanches. On va passer sous le tourbillon.

— Est-ce dangereux?

— Ben non! Fais-nous confiance. Tu ne le regretteras pas. Es-tu prêt, Raoul?

— Oui.

— Allons-y.

Les poumons gonflés, nous nageons sous le tourbillon de bulles et émergeons derrière la chute. Les eaux tombantes créent un écran qui nous rend invisible. Nous nous hissons dans une cavité assez grande pour nous loger tous les trois convenablement. Devant nous, le rideau de la chute nous isole du monde. Personne ne peut deviner notre présence.

— Pis, Lucie, comment trouves-tu notre maison?

— C'est... magnifique. Personne ne peut nous voir!

— On peut même y dormir, regarde on a des chandelles.

— Tu parles d'un beau secret.

— C'est pour ça qu'il faut le garder.

— Je comprends donc! Je ne le dirai à personne, je le jure, croix sur mon cœur.

— Nous avons un autre secret.

— Un autre secret!

— Tu vois cette marque sur mon poignet, Raoul en a une pareille. Nous sommes frères de sang, amis jusqu'à la mort et même après. La forêt, la rivière... c'est notre maison. On veut la garder propre. C'est pas des paroles en l'air.

— Ç'a dû faire mal?

— Ben non. On n'a rien senti, c'est rien qu'une petite coupure et un peu de sang. C'est comme un sacrifice pour montrer qu'on est sérieux. Si tu veux faire partie de notre famille, on va te faire une marque.

— Tout de suite?

— On peut pas, on n'a pas nos couteaux. Mais quand tu voudras.

— Ce n'est pas trop souffrant?

— Ça chauffe un peu, c'est tout. Pis après tu vas être contente parce que tu le fais pour la nature. Nous autres on aimerait ça que tu fasses partie de notre famille. Si nous sommes plusieurs, nous serons plus forts.

— Et tu vas être la première fille, ajoute Raoul. C'est spécial.

— Eh oui! J'aimerais ça.

Nos mains se joignent, nous scellons un pacte d'unité. Nous savons que nous vivons un moment unique, un moment magique qui meublera à jamais nos souvenirs.

Nous remontons la rivière, nous attardant dans chaque bassin. Les rayons de soleil jouent dans les eaux transparentes. Nos cœurs débordent de bonheur. Sur une roche douce, nos corps ravigotés se reposent. Nos peaux basanées prennent un bain de soleil. Nous sommes les enfants de la rivière, rien au monde ne peut être plus beau.

En route pour la maison, Lucie nous invite chez elle. Sa main fouille dans une boîte à tabac. Je vois les vibrations de son cœur frissonner à fleur de peau.

— Fermez vos yeux, nous demande-t-elle.

— Raoul! J'ai dit les deux yeux, pas un.

Nous pouffons de rire

— O.K. d'abord! Tournez-vous.

Nous nous exécutons.

— Bon! Vous pouvez vous retourner.

Nos regards rencontrent ses yeux pétillants. Ça alors! Elle nous offre à chacun en gage d'amitié un beau collier monté de perles et de coquillages. Nous ne savons que dire, encore moins que faire. Nous ne pouvons quand même pas l'embrasser malgré sa gentillesse. Ça, c'est sûr!

Nous avons l'air fou, plantés là comme des poteaux sans rien faire. Mon regard croise celui de Raoul. Aussi confus que moi, il se gratte la tête. L'embarras se lit sur nos visages. Les secondes d'hésitation s'étirent. Et tout à coup! Nos mains rencontrent ensemble celle de Lucie. Nous la remercions chaleureusement.

# 7

Je retourne chez moi avec mon petit bonheur au cou et y trouve un autre bonheur. La toile de canevas habille Vaillant. Qu'il est beau! Je flatte son ventre dodu aussi lisse qu'une peau de pomme.

— T'as fière allure, mon Vaillant! Imagine quand tu porteras ta couleur et vogueras à l'aventure. Si seulement je pouvais partir avec toi... échappe mon cœur soupirant.

Je glisse dans le sommeil satisfait de cette merveilleuse journée. De belles images de la nature composent mes rêves. À mon réveil, aucun nuage à l'horizon, seul le soleil occupe le ciel. Nous déjeunons dehors autour d'un feu. L'air sent bon. Je rôtis une tranche de pain au-dessus des braises. Mon père fume sa pipe et voilà qu'il m'annonce tout bonnement:

— Aujourd'hui tu m'aideras à peindre Vaillant.

Surprise totale! Ma tranche de pain tombe dans les braises. Je n'en crois pas mes oreilles. Ai-je bien entendu?

Mes yeux écarquillés se vissent sur mon père.

— Tu deviens un jeune homme, il faut que tu apprennes à être utile de tes mains.

Wow! Peindre Vaillant! Une grande joie bat dans mon cœur. Mon père doit avoir une grande confiance en moi pour m'inviter à l'aider. Je suis si étonné que ma bouche reste ouverte. Mon corps demeure paralysé alors que mon père se dirige vers Vaillant qui dort au soleil.

— Qu'est-ce que tu attends? Va avec ton père, m'encourage fièrement ma mère.

Mes jambes se mettent debout et détalent aussitôt. Tout yeux, tout oreilles, j'écoute les précieux conseils de mon père: comment tenir le pinceau, la quantité de peinture à appliquer, la façon de l'étendre...

— Tu vois, c'est facile, il suffit de prendre son temps. Nous travaillerons chacun de notre côté. Si tu as des questions, n'hésite pas à me les demander. Et surtout, ne pose jamais ton pinceau sur le sable. Ça, c'est le plus important. Le reste s'apprend tout seul. Voilà ton pinceau et ta canette.

Je me sens grandir de quinze centimètres lorsqu'il me remet le pinceau. Trempé rouge, il tremble légèrement dans ma main. Je le promène sur le canevas, imitant les gestes de va-et-vient de mon père. Quand la toile a bu toute la peinture, je replonge le pinceau dans la canette et répète l'opération.

Le soleil qui chauffe le canevas facilite le travail. La peinture s'étend bien. Mon père me surveille du coin de l'œil sans intervenir. J'en déduis que mon travail lui plaît.

Un papillon, attiré par le rouge, confond Vaillant avec une fleur géante et se trouve prisonnier sur la toile fraîchement peinte. Ses ailes battantes s'y collent. Je le libère délicatement du bout des doigts. Mais ses ailes sont imbibées de peinture. Le malheureux! Jamais plus il ne pourra voler ni butiner d'une fleur à l'autre. Je le dépose sur le sable et l'écrase du pied pour abréger son agonie.

Le soleil me plombe le dos, la sueur perle sur mon front. La fatigue descend dans mon bras, le pinceau s'alourdit. Je déplace mon regard vers mon père. La fatigue ne semble pas l'indisposer. Il est fort, ça paraît. Il me lance un clin d'œil. Son attitude m'encourage et je retrouve mon entrain.

Mon père peint rapidement! Il a déjà terminé son côté. Il faut dire que son pinceau est plus large que le mien. Voilà, ça y est! La première couche est donnée. Il était temps, j'ai le bras engourdi. Vaillant a belle prestance. Un grand sourire découpe le visage de mon père. Il me dit qu'il est content de moi. Nous nous allongeons sur le sable pendant que le soleil sèche Vaillant.

Coco croasse. Raoul arrive chevauchant sa bicyclette, derrière lui court Camelle. Elle renoue son amitié avec Jack; Raoul saute de sa monture.

— Wow! C'est pété, dit-il en riant.
— Il est beau, hein?
— Tu parles!
— Pourquoi tu ris?
— Tu t'es pas vu la face.
— Qu'est-ce qu'elle a ma face?
— Elle est toute barbouillée. On dirait des peintures de guerre.
— Je te crois pas. Tu dis ça pour m'agacer.
— Ben regarde-toi dans mon miroir si tu ne me crois pas.

Je me penche vers le miroir de sa bicyclette. L'évidence de la remarque de Raoul me saute aux yeux. Des taches rouges masquent mon visage. Comment se trouvent-elles là? Mystère! Mon regard se tourne vers mon père, aucune tache sur son visage, même pas sur ses mains.

— Qu'est-ce que je te disais? clame Raoul.

— Ça prouve que j'ai travaillé fort.

— T'en as même sur tes espadrilles.

— C'est pas grave, ça s'enlève. Pis toi, tu ne ferais pas mieux si tu veux savoir.

Les croassements de Coco mettent un terme à notre argumentation. Camelle jappe, invite Jack à la poursuivre. Ils s'élancent dans une course folle. Ils culbutent, se relèvent et repartent dans toutes les directions. Coco croasse de plus belle et suit l'action de près.

Montés sur leurs pattes arrière, Jack et Camelle se mordillent les épaules, grondent et reprennent leurs élans endiablés. Le jeu les soude dans un vrai corps à corps. Ils roulent sur eux-mêmes, leurs crocs s'entrechoquent.

Coco croasse plus fort. Confondant leur jeu avec une bataille rangée, il s'élance à la défense de Jack. Il plonge sur Camelle et lui plante ses griffes dans les cuisses. Elle hurle de douleur. Jack lui mordille le cou. Coco revient à la charge, saisit la queue de Camelle, la pince de son bec et ne la lâche pas. Camelle se lamente.

Elle se retourne vivement et décharge sa colère sur Jack. Un nuage de poussière se lève, suivi d'un tourbillon de poils et de plumes. Ça grogne fort. Camelle déguerpit à toute vitesse, cherchant un endroit où se cacher.

Jack court à ses flancs. Coco vole en rase-mottes, Camelle est terrifiée. Jack l'attrape par la queue et Coco lui picoche le dos. Ne sachant plus où donner de la tête, Camelle passe entre nos jambes et file vers Vaillant. Jack la renverse, elle se débat et... ah non! Elle heurte au passage ma canette de peinture qui se répand. Quel gâchis! Et les chiens qui pataugent dedans.

Des mots menaçants grondent de la bouche de mon père. Coco retourne promptement sur son perchoir, en perd la voix et se cache la tête sous l'aile. Les chiens, les oreilles abattues et le regard inquiet, s'éloignent, comprenant que leur présence n'est plus désirée. Ils laissent derrière eux des traces rouges parfaitement visibles.

Le calme se rétablit. Raoul enfourche sa monture et reprend sa route. Le canevas est complètement séché. Mon père transvide de la peinture dans ma canette assoiffée. Nous appliquons une deuxième couche et, en prime, une troisième pour la touche finale. Enfin nous terminons le travail; je n'ai plus de force. Je suis tout barbouillé, fatigué, mais content. Vaillant, plus beau que jamais, brille au soleil. J'ai droit aux éloges de mes parents, aussi satisfaits que moi.

Le soir je me couche la tête pleine d'aventures. Je suis ravi, mais mon bonheur n'est pas complet. Mon désir de suivre mes parents pour la saison des fourrures doit être exaucé. Comment les convaincre? J'épuise de longs moments à chercher une solution sans la trouver. Je tourne mon cœur vers le Grand Esprit et Lui demande Ses faveurs avant de m'endormir.

Une idée me traverse tout juste avant que je ne tombe dans le sommeil. Une idée formidable qui me comble de joie. Excité, je suis debout dès l'aube. Je vais au cabanon et mets la main sur une canette de peinture jaune, un petit pinceau et un tournevis.

Le soleil boit la rosée perlante sur la peau de Vaillant. Je brasse vigoureusement la canette, le tournevis soulève le couvercle, le pinceau s'imbibe de peinture. Le grand moment est arrivé. Je dessine, à chacune des extrémités de Vaillant et sur les deux côtés, une série d'oiseaux stylisés, volant à l'horizon. Wow! C'est beau! Je m'impressionne moi-même.

Déjà plusieurs oiseaux voltigent lorsque mon père m'appelle.

— Simon, le déjeuner est prêt.
— Ça sera pas long, j'achève.
— Que fais-tu?
— C'est une surprise.
— Une surprise?

Curieux, mon père s'approche.

— Mais qu'est-ce que tu fais?
— Des oiseaux.
— Je vois bien que c'est des oiseaux! Louise, viens voir ce que notre garçon fait.

Je dessine le dernier oiseau.

— Ça alors! Des oiseaux! Ils sont bien réussis, mais pourquoi? interroge ma mère.
— C'est ce que je voudrais bien savoir, ajoute mon père.
— C'est une idée que j'ai eue. Le jaune est la couleur du soleil, le soleil c'est la vie.

— Mais pourquoi dessiner des oiseaux sur un canot?

— Pourquoi pas? C'est beau. Je pensais que vous aimeriez ça.

— Tu ne réponds pas à notre question. Pourquoi des oiseaux?

— Ben... des oiseaux c'est léger, ça vole. Lorsque Vaillant affrontera les rapides et les puissants courants, les oiseaux vont lui donner des ailes. Il va surmonter les obstacles plus facilement. C'est symbolique. Vous comprenez?

Mes parents se sourient.

— Franchement, mon gars, tu m'étonnes. C'est une bonne idée que tu as eue. Je suis content que notre canot ait des ailes. Pas vrai, Louise?

— Absolument! Viens, mon artiste, le déjeuner est prêt.

— J'ai pas fini mon explication.

— Ah non?

— C'est que...

J'hésite, ma gorge se serre.

— Parle, mon gars, je t'écoute.

— C'est que... un oiseau... ça prend son envol.

— Oui et puis?

— L'oiseau, c'est moi. Moi aussi je veux prendre mon envol.

— Louise, écoutes-tu?

— Mais oui! Que veux-tu dire, Simon?

Je prends mon courage à deux mains et regarde mes parents droit dans les yeux.

— C'est que... c'est que... Je ne veux pas rester chez Raoul quand vous allez partir pour la saison des fourrures.

— Ah non? Et où veux-tu demeurer?

— Je veux aller avec vous autres.

— En voilà une idée, et l'école? réplique ma mère.

— Explique-toi, mon grand.

— Je veux aller à l'autre école, l'école de la forêt, comme vous autres. Je veux apprendre à connaître la nature. À l'école je n'apprends pas à la connaître. Je fais seulement des calculs et des lettres. Je m'ennuie, le derrière assis sur une chaise à regarder dehors. C'est long, on dirait que l'horloge est tout le temps arrêtée.

Mes parents font des efforts pour cacher leur goût de rire.

— Nous comprenons ton ennui. Mais dans la vie, on ne fait pas toujours ce qui nous plaît; puis l'école c'est important.

— La nature aussi est importante. Si vous ne m'apprenez pas à connaître la nature, qui le fera? J'suis jeune, c'est le meilleur temps pour apprendre. Si je ne connais pas la nature, comment pourrai-je l'aimer? Vos parents vous ont bien montré comment prendre soin de la Terre-Mère et comment vivre avec.

— Tu as raison, mais les temps ont changé, ce n'est plus comme avant.

— J'sais, mais la nature a encore plus besoin d'enfants qui l'aiment.

— Louise! Qu'est-ce que je peux répondre à ça?

— Si ce n'était pas de l'école...

— Je peux apporter les livres de

l'école avec moi dans la forêt. Toi, maman, tu pourras m'aider et papa me montrera à lire les pistes, les signes du temps, les habitudes des animaux... Comme ça, je vais avoir le meilleur des deux écoles. C'est facile à comprendre. Pis j'apprends vite, je vais étudier fort, c'est promis.

Le silence se fait. Mon père allume sa pipe. Il réfléchit, le regard fixé sur l'azur. Coco se perche sur mon épaule, ses «crâ... crâ...» m'appuient. Jack aboie et me lèche les mains.

— Jack et Coco me comprennent, eux autres.

— Nous aussi, mon grand. Tu t'es parfaitement expliqué. Ton raisonnement est logique. Tu sais, vivre en forêt, loin de tout, ce n'est pas facile. C'est exigeant. Qu'est-ce que tu en penses, Louise?

— Je ne sais pas. L'école, c'est important mais, d'un autre côté, il a raison; ce n'est pas à l'école qu'il apprendra notre savoir. Il n'y a rien comme la nature pour acquérir les vraies valeurs de la vie. Tous ceux qui s'éloignent de la nature ont des problèmes. Puis comme il le dit, il apportera ses livres.

— Comme ça, t'es d'accord?

— Oui.

— Et toi, papa?

— Mon grand, c'est réglé! Tu viens avec nous.

Exultant, je saute au cou de mon père.

— Merci, j't'aime, j't'aime.

Je m'élance dans les bras de ma mère qui m'écrase sur sa poitrine forte.

— J't'aime, j't'aime. Tu vas voir, je vais étudier fort, plus fort que jamais. C'est promis.

Je ne tiens plus en place, je trépigne d'allégresse, j'ai des frissons sur les bras. Je décampe jambes au cou.

— Simon! Ton déjeuner.

— J'ai pas le temps.

— Où vas-tu?

— Chez Raoul, lui annoncer la grande nouvelle.

— Attache au moins tes lacets!

Je ne suis plus là, je n'entends plus rien. Déjà je me vois, rame à la main, encourageant Vaillant à pousser l'aventure toujours plus loin sur notre territoire. Le cœur léger, mes pieds ne portent plus à terre; je vole...


À suivre...

**DISTRIBUTEURS EXCLUSIFS**

*Distributeur pour le Canada et les États-Unis*
LES MESSAGERIES ADP
MONTRÉAL (Canada)
Téléphone: (514) 523-1182 ou 1 800 361-4806
Télécopieur: (514) 521-4434

*Distributeur pour la France et les autres pays*
HISTOIRE ET DOCUMENTS
CHENNEVIÈRES-SUR-MARNE (France)
Téléphone: (1) 45 76 77 41
Télécopieur: (1) 45 93 34 70

*Distributeur pour la Suisse*
TRANSAT S.A.
GENÈVE
Téléphone: 022/342 77 40
Télécopieur: 022/343 46 46

*Dépôts légaux*
3ᵉ trimestre 1997
Bibliothèque nationale du Québec
Bibliothèque nationale du Canada